Lars Gustafsson

Das Feuer und die Töchter

Gedichte

Aus dem Schwedischen von
Barbara M. Karlson und Verena Reichel

Carl Hanser Verlag

Die schwedische Originalausgabe erschien 2012
unter dem Titel *Elden och döttrarna* bei Atlantis in Stockholm.

Die Gedichte auf den Seiten 9, 11, 12, 14, 19, 20, 24, 38, 39, 54, 55, 61, 62, 63, 67, 75, 77, 79, 94, 95, 96, 97, 99, 100
wurden von Verena Reichel übersetzt.
Alle übrigen von Barbara M. Karlson.

1 2 3 4 5 18 17 16 15 14

ISBN 978-3-446-24473-3

Umschlag: Peter-Andreas Hassiepen, München
© Lars Gustafsson
Satz im Verlag
Druck und Bindung: Friedrich Pustet, Regensburg
Printed in Germany

FSC
www.fsc.org
MIX
Papier aus verantwortungsvollen Quellen
FSC® C014889

Inhalt

Im Schmetterlingsschatten

Aus den Erzählungen des Logonauten

Drei Ansichten der Hölle

Schwedische Bilder

Gedichte zu verschiedenen Gelegenheiten

Gedichte zu kleinen Ereignissen

Im Schmetterlingsschatten

Der Hase

Eines Nachmittags war er plötzlich da.
Ganz still.

Zwischen dem Flieder und dem Johannisbeerstrauch.
Genau wie bei Dürer:
die Ohren länger als Kopf
und Unterseite. Große sanfte Augen.

Warum saß er so still
im Nachmittagslicht zu einem Bild gefroren?
Hatte er ein größeres Vertrauen
zu uns als zu anderen Menschen?
Welchen Grund hatte er dafür?

Sehr gerührt, fast geschmeichelt
schloss ich die Tür. Am nächsten Tag
fand ich ihn liegend
in einer eigentümlichen Stellung,

etwas zwischen Schlaf und Embryo
vor der Tür der Werkstatt.
Ein paar Tropfen aus der Gießkanne
ließen ihn ein paar zögernde Schritte tun
als hätte er kein Vertrauen mehr
zur Welt und ihren Bildern.
Erst am nächsten Tag bemerkte ich,
dass er blind sein musste.
Er war, als ich ihn am Anlegesteg fand,

ertrunken und weich wie ein Lappen.
Was ich für stille Ruhe und Vertrauen gehalten hatte
war Blindheit und nichts anderes.

»Die Natur ist gut« steht auf einer Verpackung
im Kühlschrank. Die Natur ist gut.
Und woher wisst ihr das, ihr Margarinekrämer?

Die Uhr in der Küche hat niemand umgestellt

Die Uhr in der Küche hat niemand umgestellt.
Mitten im grünenden Sommer
zeigt sie die Winterzeit
und das darf sie dann wohl tun.
Mitten im Sommer gibt es
Teergeruch und Duft von Himbeeren
eine braune alte Uhr, die stehengeblieben ist
die Boote mit Wasser gefüllt
und der Bootsmotor, der aufgegeben hat
der herbere Duft der Brennnesseln im Schatten der Scheunen
die Seeschwalbe, die geduldig wieder und wieder
über demselben Wasser kreist
das verlassene Haus an der alten Straße
mit den abblätternden Tapeten der Zimmer.
Zwei Pferde, die aussehen, als hätten sie
immer schon dort am Heuschober gestanden
der langsam im Boden versinkt.
Der treue Fliederbusch
ist jetzt schon verblüht.
Mitten im Sommer geht da ein Wind
der nur Abschied will.

Begebenheiten am Rand des Sommertags

Die eingesperrte Hummel
flucht und wütet am Fenster
in einer fremden Sprache.

Die alte Kaffeemühle
Kann nicht aufhören zu nörgeln
über Rationierung und Krieg.

Ein großartiges Spinnennetz
hat Großmutters Fahrrad erobert
Evangelii Härold ist nicht mehr zu kaufen.

Aus dem hundertjährigen Busch
fallen Stachelbeeren, bernsteinbraun,
und müde, eine nach der anderen zu Boden.

Es ist – kurz gesagt – spät auf Erden.
In dem wandfesten Telefon knistert
schon das Gewitter des Nachmittags.

Über den Reichtum der bewohnten Welten

In manchen Welten hat man
Riemanns Vermutung über die Primzahlen bestätigt.

In manchen Welten zwingt man
uralten Pilzen langatmige Geständnisse ab.

In einer dieser Welten wird die tiefste Dunkelheit
von wundervollen sprechenden Steinen erhellt.

In recht vielen Welten währt der Sommer
ein Jahrhundert lang, und die Unglücklichen

die im Jahrhundert des Winters geboren werden,
verbringen ihr Leben schlafend.

In grauen Kokons hängend,
die innen mit Pelz gefüttert sind.

In manchen Welten ist auch dieses Gedicht
schon geschrieben und verworfen worden.

Leben

Kambrische Anverwandte,
wie verwurzelt im Stein, aus dem Schatten des Steins

die die schwache Meeresströmung spüren
mit schmalen, durchsichtigen Fäden

sieben dieses Wasser und behalten
etwas Kleines. Das die Gabe des Hungers hat.

Ist es das, woraus Leben besteht?
Oder gab es noch etwas anderes?

Seltsame große Welt
die versucht, sich selbst zu essen.

Und sich selbst mit
großen, hungrigen Augen betrachtet.

Die Plötze trägt ihren Namen mit Schweigen

Das seltsame Wort,
das ich im Traum suchte
und unmöglich finden konnte.

Ich erwachte
aus einem Traum von einem Fisch
mit roten Augen,

leicht zu fangen mit einem Bissen Brot,
an einer gebogenen Stecknadel

um so vieles träger als die anmutigen Ukeleien,
diese unermüdlichen
Tänzerinnen des warmen Strandwassers.

Ja, dieser Traum war erfüllt
von Schönheit und Tanz.
Und niemand auf der ganzen Welt wusste,

dass die Plötze Plötze heißt.

*

Ja,
der See war ein Lehrer, der leise sprach
einen endlosen Kindheitssommer lang
die Ukeleien tanzten im seichten Wasser

über den warmen Sand
der Quappaal ein Schatten in der Tiefe

alles hing miteinander zusammen
aber nicht für mich

und die Plötze, rotäugig nach durchwachter Nacht,
trug geduldig diesen, ihren Namen

und hieß also »Plötze«.

*

Die Schwimmer waren ein anderes, ein fremdes Volk
und dennoch genauso wirklich oder unwirklich wie ich.

Wo sie leben können, kann ich es nicht
und umgekehrt, den Haken im Maul

das Einschneiden des Netzes über der Rückenflosse
musste entsetzliche Schmerzen bereitet haben,

und sie ertrugen es schweigend
mit dem Schweigen, das dieser Welt eigen ist.

Denn schweigend trägt die Plötze ihren Namen.
Und niemals wird sie wissen, wer sie war.

Die Lampe

Bevor die Lampe brannte,
saßen wir ganz still.

Die heisere Stimme einer Krähe
und plötzlich der Duft von Klee

kamen mit einer süßlichen Wärme
durch dieses aufsteigende Dunkel.

Wasser, ganz still.
Erde, auch sie ruhig.

Der Vogel flog
so dicht er konnte

über seinem eigenen Schatten.

Und die Hummel, treue Freundin
vieler Sommer,

prallte gegen die Fensterscheibe
eine Wand der Welt.

Und der Seetaucher
flog von See zu See.

Es könnte spät sein
oder früh
in verschiedenen Leben.

Es könnte im Schatten eines Schmetterlings sein,
im Schatten irgendeines Lebens.

Alles Eisen verlangt danach, Rost zu werden

Alles Eisen verlangt danach, Rost zu werden
sagte der alte Metallurg.

Es will sich mit der Luft vereinigen
zum Boden der Seen sinken.

Zu roter Erde werden. Nicht nur das Eisen
verlangt nach seinem Zerfall.

Die Utopien sinken machtlos herab
und werden zu Rhetorik. Sogar

der stolze Monotheismus verrostet
und wird zu dem angenehm

wimmelnden und amoralischen Polytheismus.

Scharfe Schneiden und schwere Äxte
halten nie in Unendlichkeit.

Alles Eisen strebt danach, Rost zu werden.
Sagte der alte Metallurg.

Vergessene Bücher in verschlossenen Häusern

Was geschieht mit den Figuren
in solchen alten Romanen
die seit langem keiner gelesen hat?
Abenteuerliche Gräfinnen
mit schweren Ohrringen,

schwer über den Roulettetisch gebeugt
so dass die doppelten Perlenketten
beinahe den grünen Samt des Tisches berühren.
Ihre Brüste sind faltig und dünn

nach zu vielen Besuchen in
eleganten Badeorten und mangels
eifrig suchender Hände.
Ihre Augenlider sind schwer.

Freimütige junge Männer,
die ihr Glück in der Hauptstadt suchen
aber schnell in die falschen Hände geraten?

Romanfiguren – woraus seid ihr gemacht?
Papier vergilbt und wird spröde.
Kapitelüberschriften klingen komisch.

Glaubt mir, diese Bücher
sind stärker als ihr ahntet.
Diese Bücher überwintern

in den Gästezimmern der Sommerhäuschen
die lange niemand gelüftet hat
zusammen mit Spielzeug in der Schublade
die Kindern gehören, die ihren

fünfzigsten Geburtstag feiern.

(Knut Jansson, der große Kritiker, hielt
den Roman für eine überholte Kunstart)

Firnis an einem Ruder

Der Westwind weht.
Der Westwind, neugierig
herein
durchs offene Fenster
blättert im aufgeschlagenen Buch,
das sich somit selbst liest.
Der Firnis am Ruder
trocknet nun schneller
und mindestens eine Fliege
bleibt immer zurück
in der härtenden, klaren Masse.
Wie eine Frage
aus dem kristallklaren, leeren und nächtlichen Raum.
Und nicht ohne Nachdenken
liest das Buch sich selbst.

Der Brief

Als der Brief kam,
und das ist lange her,

sah er aus wie ein Brief,
wie jeder andere auch,

im schwachen gelben Schein der Lampe.
Und nichts Merkwürdiges stand darin.

Doch dieser Brief war der Vorbote.

Das gelbe Auto

Auf der Straße gegenüber dem Hotel
wartet ein Auto. Dieses Auto ist gelb.
Tatsächlich habe ich noch nie
ein gelberes Auto gesehen. Glaube ich.

Andererseits: In jedem Leben
muss es doch ein Auto geben
welches das gelbste ist,
einen Sommer, welcher der wärmste ist
eine Enttäuschung, welche die grausamste ist
eine Liebe, welche die stärkste ist?
Nein. Das muss es ja nicht.
Es kann ja zwei Autos geben
sehr gelbe Autos,
die gleich gelb sind.
Und davon überzeugt, dass etwas
fehlgeschlagen ist, wende ich mich ab.

Spiegelungen und Falten

Die großen atlantischen Heringsschwärme
vermögen das Licht zurückzuwerfen,

es wie einen plötzlichen Silberschein
gegen die Unterseite der Wolken zu reflektieren.

Die Silberwolke aus Fischen direkt unter der Meeresoberfläche
wird zum Spiegel der tiefhängenden Wolken des Himmels.

Die alten holländischen Fischer sahen es
und lernten, den Schwärmen

durch ihr Abbild in den Wolken zu folgen.
Ein unruhiges Licht, das sich

von einem Ort zum anderen bewegt.
Und ein Schlafender erwacht viel zu früh

und sieht in diesem Moment ein Silber
sich den schweren Wolken des Wachseins entgegenbreiten.

Bald können alle Bücher miteinander reden

Bald können alle Bücher miteinander reden.
Ich frage mich, welche Vertraulichkeiten,

welche nie erzählten Geheimnisse
sie miteinander teilen werden.

Jetzt, da wir uns nicht länger in ihre Gespräche einmischen.
Hallgerdurs Lächeln,

Marcel Prousts Integral und Cervantes'
seltsames Gewebe, die sich immer wieder aufs Neue

ineinanderfalten,
was flüstern sie einander zu?

Was haben sie über uns zu sagen?
Etwas, das niemals unsere Ohren erreicht.

Zeitvertreib

Tidsfördrif
So hieß eine Zeitschrift, die
es einmal gab,
mit einem ziegelroten Einband.

»Zeitvertreib« – also.
Zeit, wie könnte man sie vertreiben?
Wir haben so wenig Zeit.
Und wenn wir sie wirklich vertreiben wollen –
Wie sollte das gehen?

Eine Wissenschaft wäre erforderlich,
die überblickt, erklärt, verdeutlicht,

diesen eigentümlich traurigen Ausdruck
all dieser Statuen,
der römischen Kaiser in Marmor,
ihre Trauer
darüber, dass sie nichts anderes sind
als einstmals lebende Gestalten
schmerzfrei bewahrt in Stein.

Der Morgen

Das Buch, die Brille, die Schachtel
mit den Ohrenstöpseln
kehren nur langsam zurück.
Als hätten sie eine Vielzahl
möglicher Welten durchreist,

wo auch diese Dinge
ganz andere, fremde waren
und nicht wiederzuerkennen,
bevor sie zurückkehrten zu
diesem Tisch
voller Unschuld, doch klüger jetzt.

Aus den Erinnerungen eines Hobels

Unter der Oberfläche der Dinge
verbirgt sich nichts anderes

als die Oberfläche der Dinge.
So lange wie etwas

von den Dingen übrig bleibt
ist es Oberfläche. Nichts anderes.

Eben waren mehr Stimmen

Eben waren noch mehr Stimmen hier

Kinder, ihre Freunde,
und der Onkel zu Besuch.

Sie bekamen Himbeersaft oder Whisky angeboten,
je nach Stand der Sonne am Firmament.

Das Laub wie Schatten unter den Bäumen
und Kinder, die immer

etwas anderes machen wollten
als das, womit wir im Augenblick beschäftigt waren.

Aus Platon

Politeia 271 b

Spät kamen wir in diese Gegend.

Hier wachsen Männer aus der Erde,
die ersten beginnen im Oktober,

anfänglich ganz klein,
kaum sichtbar über den Furchen des Ackers.

Man muss genau hinschauen,
um ihre grauen Haarschöpfe

versteckt im Moos
unterscheiden zu können.

Hier beginnt sie nun, die Reise in die Kindheit,
und unterwegs kann viel passieren.

Besuch des Weihnachtsbaums

Besser als ein Haus im Wald
ist ein sehr kleiner Wald im Haus.

Ein kurzer Besuch mit tödlichem Ausgang.
Vorsichtig. Kein Zweig

darf unter dem Fuß brechen.

Nicht ein Vogel zu hören. Und das Glück?

Eine zurückgelassene
Kugel aus tiefblauem Glas
gefunden unter dem untersten Zweig.

Ode an die Göttin der Morgenmüdigkeit

Natürlich gibt es sie.

Wenn es nicht einmal *sie* gäbe –
welche Göttin gäbe es überhaupt?

Auf einem archaischen Gegenstück,
es kann aus billigem Kalkstein sein,
oder deutlich teurerem grünen Malachit,

ist sie rund, fast eine Sphäre
in sich selbst zusammengerollt
ungefähr wie ein verängstigter Igel.

Ihre schmalen Augen lassen nur
den bedrohlichen Streifen Licht zu,
der ihr sagt, dass die Nacht,

ihr einziger Freund,
auch er, sie enttäuscht hat.

Die Primzahlen

Die ersten
sind dunkle Festungen,

gebaut von Fürsten
einer längst vergessenen Zeit.

Sie liegen dicht beieinander
und werfen lange Schatten.

Das Land um sie herum ist ein flaches
und schwer zu verteidigendes Feuchtgebiet.

Sie sind gebaut aus einem Stein
den keine Zeit verwittern kann.

Und all die anderen sind Dörfer,
um sie herum geduckt.

Dann werden sie immer seltener:

Man muss lange über große Ebenen reiten
um noch eine am Horizont zu sehen.

Die Wahrheit ist: es werden immer weniger
auf ihrem Weg den unfassbaren Tiefen entgegen

und Dr. Riemanns Schatten erhebt sich
ungewöhnlich hoch und warnend

in einem unendlichen Sonnenuntergang.

Zeit

Der Springbrunnen steht
am Ende des alten Parks

verschlissene Wege, der Sonnenschutz des Wassers
ist Ding und Ereignis zugleich.

Andromeda rotiert draußen
in der Dunkelheit. Genau jetzt.

Genau jetzt wird sehr lange dauern.

Genau jetzt denkt eine
der unzähligen Intelligenzen

die in Andromeda wohnen
über einen sehr alten Springbrunnen nach.

Genau jetzt ist sehr lange her.
Genau jetzt ist nirgendwo.

Unterwegs durch die Dunkelheiten

Dies ist eine Sphäre, die
eine sich ständig weitende Innenseite hat.

Jedoch keine Außenseite.

Solche Sphären gibt es.

Ich bin die einzige.

Da drüben in der Zeit

Dr. Einsteins Raumzeit liegt still.
Wie eine Raubtierspur im Neuschnee.
Meine Zeit bewegt sich. Wie Schneerauch.

Da gab es einen handgestrickten Pullover
mit einer Art von Knöpfen aus Zinn
den ich wirklich verabscheute.

Meine Volksschulzeit war nicht ganz
geeignet für ein Leben als nachdenklicher Poet.
Sie war ein Grundkurs fürs Konzentrationslager.

Meine Zeit wehte davon. Wie Schneerauch.
Bei Dr. Einstein ist der Ort noch da.

Die Mauer

Mauern können verschieden aussehen.
Diese Mauer ist gelb, brandgelb
und trennt Nichts Besonderes
von Nichts Besonderem.

Die Existenz, meinten die Gnostiker,
ist eine Störung eines ursprünglichen
Gleichgewichts, ein Friede, der heißt
»jenseits allen Verstandes«.

Diese Mauer ist meine eigene,
sie allein unter den Mauern der Welt,
sie ist immer da gewesen

und sie ist gelb.

Abstieg

Die ersten Möwen, die man hört,
sind noch ein Teil des Traums.

Irgendwo sind alle Dramen
schon geschrieben.

Wir reisen nun sehr schnell,

Häuser flüchtig sichtbar
zwischen den Bäumen

wie ein betrunkener Mann
einen Augenblick jenseits seiner Gesten
sichtbar wird.

Nervöse Schauspieler
warten hinter den Kulissen

auf die ihnen anvertrauten Rollen.
Einige müssen noch lange
auf ihre Rollen warten.

Es gibt auch solche Rollen,
die nie geschrieben wurden

und auf die gleichwohl jemand wartet
und sie spielen will.

*

Mir träumte von Richtern.
Die Richter waren große Türme
aus schwarzem Basalt mit Tiergesichtern,
vor mehr als viertausend Jahren
die Grenzmarkierung gesetzt.

Die Strenge als Faktum
war nicht zu übersehen.

Und plötzlich war sie da,
die Fürsprecherin,

leicht wie eine Feder im Wind der Dämmerung
und ohne das geringste Zögern

ergriff sie das Wort
und übernahm meine Verteidigung.

*

Und alsbald sind alle zur Stelle:

Die alte Dame
mit dem seltsam klagenden Vogel,

der seine Kreise
über ihr dreht (ganz ohne jeden Nutzen).

Das bleiche, junge Mädchen,
schüchtern und ganz in Weiß gekleidet,

das vorsichtig

ein silbernes Pendel in der Hand hält
um die Zeit zu messen.

Es wird ganz klar:
Zu den Lebenden gehören sie nicht.

Aber auch nicht wirklich zu den Toten.
Sie sind noch unvergessen,
sie sind *schlaftrunkene Tote,* nicht richtig sicher,

wo sie sich befinden,
oder welchen Platz sie einnehmen.

Sie kommen, einer nach dem anderen:

Der Lehrer mit schwarzen Handschuhen
auf dem schwarzen Fahrrad,

der freundliche dort auf dem Rad
mit seiner viel zu großen Tasche.

Seine Schulter schmerzt ihn,
er ist am hilfsbereitesten.

Was haben Sie hier zu suchen?
Ich wusste nicht, dass es so viele sind.

Sie zeigten mir ihren Wald, ihre Hügel,
den Teich, auf dem sie immer Schlittschuh fuhren.

Und zum Schluss eine Leiter, eine steile
und unerträglich lange,

die unter dem schweren Deckel des Brunnens endete.

Der Wind stöbert in Büchern

Spätsommer, Jahreszeit
die meinem Alter entspricht.
Und die langsamen,
man könnte fast sagen
die geduldigen Wellen
begeben sich zögernd nur
in die kleinen dunklen Höhlen
und verbergen sich
unter den Steinen des Strandes.
Es ist am besten
das Boot nur dann auszuschöpfen,
wenn es wirklich notwendig ist.
Eine einfache Weisheit.

Nicht unähnlich der,
die Zukunft,
den unfertigen Text,
nur zu lesen,
wenn es wirklich notwendig ist.

Frau Gauß, unsere gescheite Putzfrau

Gauß-Kurve, Glocke, Normalverteilung,
die strenge Lehrerin, die uns
in der spröden Langeweile
des Mittelmaßes hält.
Tyrannische Schlossherrin
mit langem Rock
auf dem Marmorboden weit hinterherschleifend!
Warum muss dein Rock schleifen?
Heb ihn vorsichtig an, was findest du?
Das Kalb mit zwei Köpfen, den alten Mann im Wald,
der im Alter von 107 Jahren starb
– vollständig glücklich –
den Mann, der nichts vergessen konnte
nicht einmal fallendes Laub, kein Flüstern
und weit draußen in der Kneifzange der Konvergenz:
den viel zu großen Meteoriten.

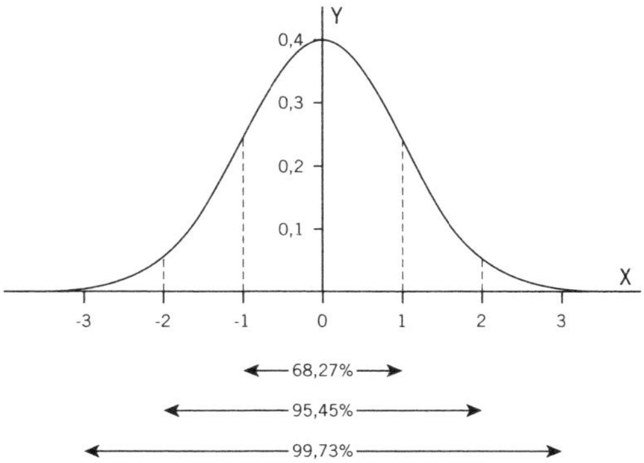

Lichtung

Lichtung, Schneise, Kohleböden.
Eine Stelle, an der es hell wird
im dichten Dunkel
des Waldes.

Ein Mädchen ging
um etwas zu holen.
Bald wird sie wieder
zurück sein.

Einer ihrer Schnürsenkel hat sich gelöst
und ist nass vom Gras.

Liebe

Und deine Augen honigwarm.
Die uralten Untiefen
steigen im dunklen Wasser
schnell zur Oberfläche empor
wie bedrohliche Hände
die uns fangen wollen.

Durch den Spiegel

Liebste,
so weit voneinander schlafend
teilen wir doch die Nacht.

Und wir träumen einander.
Erwachte ich jetzt,
wäre ich nicht.

Ich träume dich,
die mich träumt.

Wenn ich dich wecke,
werde ich verschwinden.

Aus den Erzählungen des Logonauten

Der Meteorit im Naturkundemuseum

Groß wie ein gut gefüllter Kartoffelsack
ruht dieser himmlische Klumpen Eisen

im Museumsfrieden. Die Außenseite faltig
auf eine Art, die unwillkürlich

an ein entblößtes menschliches Gehirn erinnert,
liegt etwas Altkluges über ihm.

Es gab ihn vor diesem Planetensystem.
Schließlich auf Grönland gefunden

war er zu dieser Erde unterwegs
lange bevor diese Welt entstand.

Unverzagt fallend durch
die größten, die tiefsten Finsternisse

Pflugschars Pfeilspitze einen Augenblick lang,
am Ende ein flammendes Schwert, kein Auge sah ihn

in der kambrischen Nacht unseren Gast werden.

Und wenn nun ich, höchst Beliebiger,
einen Augenblick die Finger gleiten lasse

über diese stumme, seltsam stille Oberfläche,
dieses allzu erfahrenen Tropfens aus den Tiefen,

scheint er, still und klug,
nur zerstreute Verbindlichkeit auszustrahlen.

Ein Wald marschiert

Jede Nacht Punkt elf
kommt der tote Wald.

Sorgfältig zersägt und in Stapeln
auf die vielen Wagen des Zuges geschichtet.

Der Zug ist lang. Sehr lang.

Und einst
sang der stärker werdende Wind
in allen Baumkronen.

Das Moor

Das Moor, verboten zu betreten,
gefährlich tief mit Weiderich und Laichkraut.

Die Salamander, die wir fingen
und »Wasserechsen« nannten.

Heute sicher ausgestorben. Wen kümmert's?
Plötzlich war der Junge zwanzig Jahre alt.

Vor ihm lag das lange Leben.
Wie die Kurische Nehrung.

Der Bach. Die Salamander.
Wir waren es, die das alles
verschwinden ließen.

Kein anderer.

An die Wissenden

Die Kirche San Clemente in Rom
Unter dem Barock mit der schwülstigen
Rhetorik, die zeigt, dass alle dennoch zweifeln,
ein Stock tiefer
die altchristliche Kirche
dunkel, eng und ohne Zierrat
mit Sarkophagen in den schmalen Gängen
eine geheime Gesellschaft der Getreuen
die wussten, wie die Dinge liegen
und noch eine Schicht tiefer
durch sich verengende Treppen und Gänge
der Altar des Mithras, Speisesaal für
eine geheime Gesellschaft von Getreuen
die wussten, wie die Dinge liegen.

In den milden Gärten der Erinnerung

Ich erinnere mich. Sicher erinnere ich mich daran.
Mir fällt ein, dass ich mich daran erinnere.

Ich habe nicht vergessen, dass ich mich daran erinnere.
Ich erinnere mich, dass ich es nicht vergessen habe.

Ich entsinne mich, dass ich es vergessen hatte.
Aber jetzt erinnere ich mich, was ich vergessen hatte:

Mir war entfallen, dass ich mich genau daran erinnerte.

(Aristoteles: *De memoria et reminiscentia. Parva Naturalia*)

Triviale Erkenntnisse

Olivenöl eignet sich ausgezeichnet
zum Entfernen von Rost.

Einzelnen Ereignissen fehlt Wahrscheinlichkeit.
Sie sind punktförmig.

Also
fehlt auch mir Wahrscheinlichkeit.

Die Toten wissen nicht,
dass es sie jemals gegeben hat.

Die Zeit kann nicht mit dem Universum begonnen haben.
Die Zeit kann keinen Anfang haben.

Denn ein Anfang ist immer ein Ereignis.

*

Pferde schlafen sehr schlecht,
wenn man sie nachts allein draußen lässt.

Pferde bewachen gegenseitig ihren Schlaf.

Personen mit gestörtem Verhältnis zur Mutter
werden Poeten.

Personen mit gestörtem Verhältnis zum Vater
werden Langweiler.

Drei Ansichten der Hölle

1. *(Auf der Buchmesse)*

Die Buchmesse, die gerade noch so vielversprechend schien, nimmt kein Ende. Sie geht einfach weiter. Tag für Tag derselbe Lemmingezug von dunkel gekleideten Menschen, die sich in den Gängen drängeln, stehen bleiben und in immer denselben nichtssagenden Schluchzromanen mit Titelbildern von hochgestylten Zwanzigjährigen blättern. Aber das Schlimmste von allem: Jede Stunde die gleiche Lesung aus einer mangelhaften Lautsprecheranlage, der es nicht gelingt, das Hintergrundrauschen von den Ständen rechts und links zu übertönen. Derselbe Text, der sich bei jeder neuen Lesung immer dürftiger, immer einschmeichelnder ausnimmt.

Und du bist es, der liest.

2. *(In der U-Bahn)*

Du sitzt auf dem Führerplatz und siehst die Seitenlichter des Tunnels vorbeiflimmern. Wie es scheint, in immer rascherem Takt. Es gilt aufmerksam zu sein; in unvorhergesehenen Abständen kommen Vorsignale und fast unmittelbar darauf die Stoppsignale, die schon auf Rot geschaltet sind. Gerade als du denkst, dass du es nicht geschafft hast, den Zug zu bremsen, und dass die Katastrophe – irgendeine Art von Katastrophe – nahe ist, springt das Signal auf Grün. Es gilt zu beschleunigen, da man ja nicht weiß, was einen von hinten im Dunkel einholen kann.

Aber diese U-Bahn hat eine Eigenschaft, die sie von allen anderen unterscheidet. Sie hat keine Haltestellen. Nur Linien in die Unendlichkeit, die sich an verschiedenen Stellen verzweigen oder in unendlich komplizierten Knotenmustern wieder mit anderen zusammenzulaufen scheinen.

3. (Wahlkampagne)

Ein paar Tage nach der großen Debatte bemerkt der Politiker ein eigentümliches Knistern im linken Ohr. Es scheint, als hätte sich dadrinnen ein unangenehmes Insekt eingenistet.

Allmählich erkennt er eine weibliche Stimme, schleppend monoton wie die einer Schlafwandlerin, zögernd und anzüglich zugleich. Die Stimme scheint zu ihm und zu keinem anderen zu sprechen. Sie redet ihn die ganze Zeit mit »du« an.

Was sagt sie? Lauter Vorwürfe, wunderliche Vorwürfe, unmögliche Vorwürfe: »Du, Sixten Saxberg, hast beabsichtigt, den Armen ihre Löffel wegzunehmen. Du, Sixten Saxberg, hast den alten Frauen ihre Haare abrasiert und sie an Nerzzüchter verkauft. Du, Sixten Saxberg, hast beabsichtigt, allen Frauen ihren linken Schuh zu rauben, damit sie hinken. Du bevorzugst tatsächlich Frauen, die beim Gehen hinken.«

Gegen diese Vorwürfe ist es schwer, sich zu wehren. Die Stimme im Ohr fährt mit ihrer eigentümlichen Litanei Tag und Nacht fort.

Schwedische Bilder

Bei Elinors Bäckerei in Norberg

Hommage à Eugène Guillevic

In Norberg, an einem frühen Morgen im Mai
schwebt der Duft von Lindenblüten und Holunder
von alten Bäumen neben alten Häusern
schwerelos über dem Duft von frisch gebackenem Brot.

Unter uns gibt es Eisen, viel Eisen
mächtige Körper aus Eisen,
unzählige kleine schlafende Körner
die in der Stille den Kompass verdrehen.

Die Welt kommt hervor, sobald die Nacht vorüber ist
und erlebt stille Verwandlungen
aber jemand wird bei Sonnenaufgang da sein
um mit starken Händen weichen Teig zu kneten.

Und die Welle von Wärme, die hervorbricht
wenn man die Ofenklappe öffnet
ist das jüngste Geschwisterkind des weißen Hauchs
vom Ausstoß längst verwitterter Hochöfen.

Die Welt erlebt stille Verwandlungen
Eisen kann zu Schwertern oder Schmiedehämmern werden
Viele Schwerter Viele Schmiedehämmer
Viele Tote Viel Brot

Der fröhliche Vogelchor des Frühlings

Staffan Söderblom gewidmet

Ach, diese fröhlichen Vogelstimmen des Frühlings!
Wie gut erinnere auch ich mich an den Chor
dieser kleinen, geflügelten Sänger.

Sie wurden auf besonderen Tabletts
von Lehrer Gustav Edin hereingetragen,
völlig verstaubt, die Farbe verblasst
und – wie es schien –

ein wenig zu ehrgeizig
ausgestopft:
Spatz und Nachtigall, Habicht und Fliegenschnäpper,
Wiesenlerche und Wasseramsel –

und von einer Schallplatte des schwedischen Radios,
schon zu häufig gespielt,
erklangen all ihre fröhlichen Stimmen.

Ich habe nie gelernt
den einen Piep vom anderen zu unterscheiden.

Und jetzt im Oktober ist es der dumpfe Ruf
des großen Brachvogels, der einsam zurückbleibt.

Zumindest diesen habe ich zum Schluss noch gelernt.

Folke Dahlberg in memoriam

Eiche hält sich sehr lange in Süßwasser,
trostlos weht der Wind
durch einsame Landschaft.
Eiche zu hobeln kann schwer sein.

Im Gegensatz zu dem, was das einschmeichelnde
Rauschen der Medien verkündet,
werden die Sommer immer schlechter,
das heißt, immer kälter, jetzt.

Die alten Torfscheunen,
von niemandem mehr genutzt,
versinken immer schneller
im dunkelnden Sumpfwasser.

Jahrzehnte vergehen,
möglich, dass alles nur ein Scherz war.
In dem Fall hätten wir das
etwas früher begreifen müssen.

Eiche hält sich lange in Süßwasser.
Und wird dann sehr dunkel.

Die Småländerin

Sie, für ihren Teil, liebte stattdessen
Landschaften, die ihr nie
geschlossen genug sein konnten.
Am Waldrand vor die Wahl zwischen Wald und Feld gestellt,
würde sie selbstverständlich
in den dichten Schatten verschwinden,
einen Weg suchen zwischen Stein und Stein,
der eine bemooster, deshalb auch glitschiger als der andere.
Die offene Unermesslichkeit der Sümpfe schreckte sie genauso
wie die Seen
mit ihren großen, leeren Augen,
die in die Sommernacht hinausstarren.
Wo die Bäume am dichtesten standen,
war ihr Land, dort konnte sie atmen und
die Erzählungen wuchsen aus ihr wie seltsame Pilze
aus umgestürzten Bäumen,
sie wuchsen und wuchsen immer mehr
und alle hatten einen bitteren Geschmack.

Der Gefangene

Früh wurde er der Gefangene
der allerkleinsten Dinge,

von Knöpfen und Münzen,
einem Bleistiftstummel, den jemand liegen ließ.

Sie bedeuteten etwas,
er sammelte sie in Schachteln.

Nach seinem Tod fand man mindestens fünf oder sechs
solcher Schachteln voller Sinnlosigkeiten.

Oder war das vielleicht nicht sinnlos?
Es können bestimmte Momente gewesen sein,

Minuten und Sekunden, die wichtig waren.
Vielleicht war es das irdische Gewand,

das der Engel der Zeit längst verlassen hatte.

Er war wohl etwas eigenartig,
dieser Sammler der Sinnlosigkeit.

Er beschriftete praktisch alles
mit seinem Namen, deutlich geschrieben

in Blockschrift; Lineal,
Schuhanzieher, Hammergriff,
Schweißrand seines Hutes.

Vielleicht hatte er Angst,
dass sie ihm weggenommen würden.

Oder wollte er sich nur
vergewissern, dass
er wirklich existierte?

Gedichte zu verschiedenen Gelegenheiten

Heimatchronik

Der 3. Juni war kein gewöhnlicher Tag.
Ein Herr ruft mich am 12. Juli 2003 an.
Er heißt Bark.
Das ist eine alte Familie in Ramnäs.
Ein Bark zimmerte den Kahn
der im Jahr 1939 ganze achtzig Kronen
kostete. Was für eine eigentümliche Idee
im Herbst 1939
bei Bark einen Kahn zu bestellen!
Aber der Bark dieses Monats
will das große Unwetter vom Juni 1935 erörtern:
der Sturm, der unerwartet kam
und den Sommertag zur Nacht machte,
die meterhohen Kaskaden, als die Hagelkörner,
250 Gramm schwer, ins Wasser fielen,
all die toten Fische, die den Temperatursturz nicht vertrugen.
Ich habe solche Hagelkörner in der Hand gehalten.
Sie sind wie eiskalte Steine
Schicht um Schicht aus dem harten Eis.
Sie durchschlugen Autodächer und töteten
weidendes Vieh.
Wie die Menschen davonkamen
ist ein Mysterium.
Herr Bark sah das alles
auch er ein erschrockener kleiner Junge
von einem Punkt, ein paar Kilometer
von meinem entfernt.
Jetzt, im Jahr 2003, will er wissen

ob es sich wirklich so verhielt
oder ob er es geträumt hat.
Und Einar bestellte den Kahn
im Jahr 1939 bei seinem Großvater.
Denn Einar war immer Optimist.

Dunkel und Licht

Mittsommer 2010

Und noch einmal
schäumt die Welle des Wiesenkerbels weiß
in dem nächtlichen Licht.
Gegen die Fundamente aus Schlacken
die schon errichtet wurden, als dies
einst das Armenhaus des Kirchspiels war.

In einem Kartoffelacker ein wiedergefundener
Schlittschuh, aber nur dieser eine.
Der andere reist für immer
im Labyrinth der Zeit.
Dies ist die Zeit, in der Licht und Dunkel
tränenreich voneinander Abschied nehmen.

Ich erinnere mich an einen Mittsommerabend
in den Davis Mountains verbracht.
Wie die Sonne pünktlich
um sechs Uhr dreißig unterging und wie die Grillen
in der trocken heißen Dunkelheit ihr Holz sägten.

Dieses Gefühl, an einem völlig falschen Ort
gelandet zu sein, in keiner Weise zu Hause zu sein,
kann sehr stark werden. Es kann sich
wie ein plötzlicher Schmerz in den feinen, pilzartigen Wurzeln
der Seele anfühlen.

Wenn die Seele ein Pilz ist, meine ich
hat sie selbstverständlich ein *Myzel.*

Sverker Ek, einer der ersten Umeå-Professoren,
hatte ein Hausmädchen aus Övertorneå
das er und die Kinder und seine Frau
so gern im Sommer mitnehmen wollten,
hierher, nach Väster Våla. Das Mädchen weigerte sich

freundlich aber bestimmt. Etwas so Schreckliches
wie die Mittsommerdunkelheit da unten
im finsteren nördlichen Västmanland
glaubte sie nicht ertragen zu können.

Und im Mittsommerlicht, sanft
und unendlich melancholisch
über den Wiesen von Sörby werden
alle Dinge, Wiesenkerbel und Scheunen
groß und geheimnisvoll.

In der Nacht ist jedes Land
ein fremdes Land.

Ein Frühsommertag an Björn Nilssons Grab

Der Friedhof von Väster Våla im Frühsommerlicht
und mit dem freundlichen Südwestwind über

Bruslings Wiesen, der an dem milden Vormittag
in den sechziger Jahren geherrscht haben muss

als wir das Ungeheuer von Bo Gryta erfanden. Das Ungeheuer
war ein Riesenwels, und wir brauchten es,

um etwas für den Expressen schreiben zu können.
(Es war eine der ärgerlichen Wochen

wenn nichts geschehen will,

die Weltgeschichte zögert oder darüber grübelt
wie die nächste wirklich gemeine Überraschung

aussehen soll, und kein Promi sich das Bein gebrochen hat.)

Bo Gryta ist ein tiefes Loch im Åmänningen.
Man findet es ein paar Kilometer entfernt

von Bodarnes und Vretarnas Dörfern, auf einer Linie
zwischen dem alten Bodahafen, wo das Wrack
einer nach einer Gewitterbö gekenterten und versunkenen
Erzjacht liegen soll, aber niemand weiß wo, und der
Zahnarztlandzunge.

Wie tief dieses tiefe Loch ist? Niemand weiß es.
Viele haben es mit Lot und Leine versucht.

Und als die Leine hochkam, durchgebissen,
so elegant wie von einem Rasiermesser

oder die Kette, mit der sie es stattdessen probierten
so blank und deutlich im Schnitt

von etwas, das wohl nur sehr große Zähne
sein konnten, gab man

die Versuche auf. Christopher Middleton
beschrieb sie in seinem Gedicht »The Mole«.

Es hat allerdings Wirkung gezeigt,
denn ein paar Sommer später kam eine Busladung

mit Engländern, Exzentriker und Experten
für die Ungeheuer tiefer Seen. Sie loteten aus

und notierten. Per Brusling servierte Kaffee,
jetzt ein älterer Mann, der einiges über den See wusste.

Über das Grab von Björn Nilsson geht der Sommerwind.
Und ich fürchte, ich weiß jetzt als einziger

wie es eigentlich zuging.

Die Expedition kehrte zurück
tief überzeugt, dass dieser Riesenwels,

nicht nur riesig und bösartig,

oder schlau ist, sehr schlau
er versteht es, sich in dunklen Tiefen zu verstecken

sobald jemand dort auftaucht
der ihn sucht.

Lars Bäckström in memoriam

Als in der Zeitung stand,
der Dichter sei verstorben,
begann ich zu suchen,
nach einem dünnen kleinen Buch zu fahnden.

Vor mehr als fünfzig Jahren geschrieben,
sollte es definitiv im Regal stehen.
Seitdem aber war das Regal umgezogen

zwischen Städten und Kontinenten.
Ich fand es nicht. Fort seit langem.
Aber aus dem Gedächtnis tauchten zwei Fragmente auf:

»Von allen Frauen liebte ich den Schlaf am meisten.«
Und:
»Für den Sinn des Lebens musst du also selbst aufkommen.«

Das erschien mir vollkommen ausreichend.

(Lars Bäckström 1925–2006)

Gedichte zu kleinen Ereignissen

Fallende Dämmerung

Im langsam fahler werdenden Licht,
im langsam steigenden Dunkel

eine Erinnerung, nähert sich taumelnd
und schlägt mit den Flügeln gegen die Scheibe.

Lied vor dem Regen

Der Tau stieg aus dem Gras.
Und aus der Krone der alten Linde

das Lied tausender Schwingen.
Das Leben war noch nicht zu Ende.

Und eine Hummel summte
immer tiefer hinein in

das allzu dichte Gehölz alter Bäume

an ebender Stelle, sagte man uns
an der ein anderes Haus einst gelegen hätte.

Schritte

Schritte, *die allerletzten Schritte,*
hinaus ins Dunkel, sind schwer.
Etwas, vielleicht eine Kröte,
kommt zu sich im Gras.

Sonst nicht viel.
Wind, der sich legt.

Gerade waren wir noch viele hier.

Datierungen

Als Pilatus Statthalter von Galiläa war,
wurde in der Gegend von Norberg nachweislich Erz abgebaut.

Das ist gar nicht lange her.
Das Kambrium dagegen liegt weit zurück.

Das ist eigensinnig. Was immer es auch ist.
Wir sind eigensinnig.
Scherben.
Was sind wir mehr als Scherben?

Gerade jetzt erlebt jemand seine Kindheit:
das frisch gefrorene Eis der Pfütze
klirrt fröhlich unter dem roten Stiefel.

Ganz nah, direkt daneben:
das glückliche Alter der Vierjährigen.

Kurzer Besuch im Frühsommerlicht

Wie seltsam:
was wir Aprillicht nennen,
hoffnungsvoll und mild,
ist dasselbe wie das Augustdunkel!

Vielleicht ist es am Ende
nicht das Licht,
sondern der Ort, wo es ankommt,
Lichtung, Öffnung, weites Feld,

was zählt. Das Junilicht
ist ein Ort, der nie verschwinden kann.
Wir hatten nur vergessen,
wie man zu seiner Lichtung findet.

Erinnerungen, die taumelnd näher kommen
und mit den Flügeln gegen die Scheibe schlagen.
Im langsam fahler werdenden Licht.
Im seltsam zögerlichen Licht.

*

Ganz hinten im selben Raum
sind Wiesenblumen in der Vase
und das glattgestrichene Tischtuch an Mittsommer,
die Bierflaschen im Schrank

und im Radio
»Schwedische Festmusik« von August Södermann.

Von einer alten Halbdollarmünze, geprägt in St. Louis 1912

Der Halbdollar, aus echtem Silber

landete in einer kleinen Schale aus grünem Glas.
Seit wer weiß wie vielen Jahren

liegt er am Fenster und verliert an Wert
während eigentlich nichts geschieht.

Das meiste, das den Dingen geschieht,
hat überhaupt nichts mit ihnen zu tun.

Schöpfung

Zehn Millionen Schraubenzieher,
aber keine Schraube.

Diese Niederlage, die wir sind,
ist das einzige, was wir sind.

Wasser

Ein Thermometer riss sich im Juli
vom Steg los

und tauchte wieder auf, gefangen vom Eis
im März und sah ganz verwundert aus.

Um halb drei. Regen auf dem Dach.
Ich hab erst begonnen, die ersten Seiten umzublättern,

in diesem, dem dunklen Buch der neuen Nacht.
Es gibt viel zu lesen.

Es gibt Seiten,
die ich nie öffnen werde.

Unbegreifliche Seiten. Seiten ohne Ende.
Seiten angefüllt mit Wasser, strömendem Wasser,

das gedankenlos das Morgenlicht zurückwirft.

Das stille, dunkle Wasser
aus Sümpfen und Moorlandschaften,

Wasser voll von bitterem Apothekenduft,
Duft von Mädesüß, Moorbeere und Gagelstrauch,

Wasser voll von dem bitteren Geruch jener Toten,
die in die dunkelbraune Tiefe der Zeit sanken
und zu dunklen Stöcken aus Holz härteten.

Ich lese aus dem schweren, dunklen Buch der Nacht.
Es strömt, dieser Text ist kalt,

als käme er aus geschmolzenem Schnee.
Ja, alles drängt weg von hier.

Wintersprache

Ist der Winter nicht in Wirklichkeit eine Sprache?
Neuschnee treibt über die Fahrbahnen
wie scharfe kleine Konsonanten
und weiche Schneewehen plustern sich auf
zu Vokalen in einer übertriebenen Rhetorik.

Die glaubt, Wiederholung würde helfen
während sie tatsächlich auf Schwäche hindeutet.
Die glänzende Oberfläche der Schneekrusten,
am liebsten im Mondschein gesehen,
will Spiegel werden, schafft es aber nicht richtig.

Dieser Text hat keinen Anfang,
kein Ende. Man kann ihn
von links nach rechts lesen
und von rechts nach links.
Von oben nach unten:
die dunkelblaue Partitur des Winters.

Februargedicht

In der Hölle gibt es auch glitschige Stellen,
genau wie hier, nein, noch schlimmer,
sehr weit gestreckt
und glatter als Glas.
Ein unermüdlicher Wind treibt
die ständig genauso verwunderten Seelen
immer weiter fort
die somit keinen Halt mehr haben.

Schneefall

Das Weiße gewinnt seine Macht zurück
und bedeckt die Bäume

Fast alles, was geschieht
wird von niemandem gesehen

Das Gedächtnis steigt
die Zeit steigt

Es gibt Schneefälle
über nordatlantischen Gewässern

zu dieser Jahreszeit
die von niemandem gesehen werden

Und trotzdem fallen sie.

Der Mai ist ein Fenster

Es lässt sich öffnen
aber nicht ohne Anstrengung
die trockenen Fliegen, die der Winter
zwischen Glas und Rahmen gesammelt hat

sind Schriftzeichen einer sehr
alten Sprache, tot und vergessen.
Und der Wind nimmt sie, die Welt strömt herein,
hebt die Tüllgardine, schwenkt die Lampen

die Welt nimmt mich plötzlich wahr
erstarrt überrascht

und wird zu festen Dingen.

Im leeren Raum

Des Oktobers große Blase
aus Stille
liegt über den Wäldern.
Und kein einziger Vogelruf.
Wer langsam atmet, kann
des Daseins dumpfen Orgelpunkt
hören, den Celloton,
surrender Kondensator
im Stromleitungsnetz.

Alter Mann unter hohen Bäumen

Diese mächtigen Linden,
Lungen einer anderen Art
atmen die Sommerluft
in gleichmäßigen, ausgewogenen Bewegungen,
und ich wünschte, ich könnte
sein wie sie, nur
eine andere Art Baum
in dieser schwachen, aber beharrlichen Morgenbrise,
wie im Monat Juni.

Kosmische Augustnacht

Nach einer Reise, die zwei Millionen Jahre währte,
wurde das schwache Licht
einer sehr fernen Sonne
zur Hälfte zurückgeworfen
von dem steilen Spiegel einer nächtlichen Welle,
während die andere Hälfte
von dem klugen Auge einer Plötze
eingefangen wurde
die unter der schwarzen Oberfläche des Sees
in einer langsamen Bewegung aus dem Bild herausglitt
ohne Wissen um das, was sie wusste.

Blankheit

Umfangen von stiller Blankheit,
störbar durch einen einzigen Ruderschlag,
sacht kühler werdende Jahreszeit.
Das Geräusch einer Kette, die gelöst
und auf den Boden eines Kahns gelegt wird.
Und aus Angst, der seltsam großen Ruhe
des Wasserspiegels zu schaden,
hielt ich mein Ruder schwebend in der Luft.

Lars Gustafsson, 1936 geboren, ist einer der bedeutendsten Autoren Schwedens. Der Romancier, Lyriker und Philosoph lebte und lehrte lange Zeit im Ausland, u.a. an der University of Texas in Austin. Hinzu kamen mehrere Forschungsaufenthalte in Deutschland. Sein Werk wurde in zahlreiche Sprachen übersetzt und vielfach ausgezeichnet, 2009 wurde ihm die Goethe-Medaille verliehen. Bei Hanser erschienen zuletzt *Der Dekan* (Roman, 2004), *Risse in der Mauer* (Fünf Romane, 2006), *Die Sonntage des amerikanischen Mädchens* (Eine Verserzählung, 2008), *Frau Sorgedahls schöne weiße Arme* (Roman, 2009), *Alles, was man braucht. Ein Handbuch für das Leben* (2010, mit Agneta Blomqvist), *Das Lächeln der Mittsommernacht. Bilder aus Schweden* (mit Agneta Blomqvist, 2013) und *Der Mann auf dem blauen Fahrrad* (Roman, 2013).

Verena Reichel, 1945 geboren, studierte Skandinavistik und hat das Gesamtwerk von Lars Gustafsson übersetzt. Zuletzt wurde sie mit dem Johann-Heinrich-Voß-Preis ausgezeichnet.
Barbara M. Karlson, 1973 geboren, studierte Skandinavistik und Literaturwissenschaft. Von Lars Gustafsson übersetzte sie *Gegen Null. Eine mathematische Phantasie*.